Opfesoft

Eine satirische Aufarbeitung der Dauerpräsenz von
Hubert Aiwanger

Kerstin Schweiger

Kerstin Schweiger

Opfesoft

Eine satirische Aufarbeitung der
Dauerpräsenz von Hubert Aiwanger

Bibliografische Information der Deutschen Nationalbibliothek:
Die Deutsche Nationalbibliothek verzeichnet diese Publikation in der Deutschen Nationalbibliografie; detaillierte bibliografische Daten sind im Internet über http://dnb.dnb.de abrufbar.

Herstellung und Verlag:

BoD – Books on Demand, Norderstedt

ISBN: 978-3-7583-6500-3

Heute war der lustigste und gleichzeitig traurigste Moment im bayerischen Internet.

Gott sei Dank ist sich eben dieses treu geblieben und hat ihn richtig schön weit ausgebreitet, wiederholt, geteilt und zerlegt.

Leider wird auch dieser Moment nicht die Konsequenzen haben, die verdient wären.

Was ist passiert?

Hubert Aiwanger hat eine Lobesrede auf sich selbst gehalten, via Twitter. Das ist an sich nichts Außergewöhnliches. Diesmal jedoch spricht er sich selbst mit „Sie" an. Das ist dann schon ein bisschen außergewöhnlicher.

Er schreibt:
„Herr Aiwanger, wir bräuchten mehr Politiker wie sie, mit Verstand und Pragmatik. Mit dem Ohr am Bürger. und nicht wie viele andere weltfremd im Wolkenkuckucksheim! Sie sind ein Kämpfer und haben sich ihren Posten als bayr. Wirtschaftsminister hart erarbeitet gegen Widerstände!"

Ups. Da kann man kurz verwirrt sein. Also, erstmal war ich ja inhaltlich verwirrt, weil ich keine Ahnung habe, wo dieses Wolkenkuckucksheim ist. Ich will da hin! Das klingt sehr flauschig!

Dann ist man noch zusätzlich verwirrt. Denn, was zeigt uns dieser Post? Offensichtlich hat Hubert Aiwanger mehrere Accounts auf Twitter, mit denen er sich selbst Lobeshymnen schreibt – nur hat er diesmal vergessen, den Account zu wechseln.

Ups.

Ist das etwa diese Manipulation, von der immer alle sprechen?

Dario Schramm (mir gänzlich unbekannt) twittert:
„Dass ich am 29. Oktober mittags in kurzer Hose und T-Shirt im Garten auf der Liege liegen kann, ist mehr als Besorgniserregend.“

Hubert Aiwanger antwortet, ebenfalls auf Twitter:
„Ja, Sie sollten in der Zeit was arbeiten.“

Okay. So kann man natürlich auch auf den Klimawandel reagieren.

Nicht!

Und ich denke mir zum ersten Mal:
„Ist das Politik oder kann das weg?“

Kleiner Spoiler:
Im Laufe des Jahres 2023 stelle ich schnell fest: Das könnte durchaus weg. Geht aber nicht weg.

Puh. Ist mir schlecht. Heute aber mal nicht von Instagram, Twitter & Co.

Ein Tag Internet-Abstinenz war ziemlich gut. Da kann man ja heute wieder vorsichtig Instagram und Twitter öffnen.

Ich hasse es, dass ich so oft dieselben Fehler mache.

„2. Januar 2023, Tweet von @HubertAiwanger
Nochmal: die Ausschreitungen #Silvester2022 in #Berlin waren teils schwerer #Landfriedensbruch. Darauf steht Gefängnis. Was wird passieren? Der #Rechtsstaat steht auf dem Spiel wenn sowas geduldet wird.“

Oh mein Gott, was habe ich verpasst?

Offensichtlich hat Herr Aiwanger ganz nebenbei ein Jurastudium erfolgreich abgeschlossen!

Wer so detailliert mit Tatbeständen und Strafmaßen um sich wirft, hat hoffentlich auch ausreichend Ahnung davon. Böse Zungen behaupten, das wäre sonst Populismus.

Jetzt mach ich schon wieder diesen dummen Twitter-Fehler.

„3. Januar 2023, Tweet von @HubertAiwanger als Antwort auf einen Tweet von @DJanecek:
Unglaublich wie boshaft und ideologisch verblendet die Grünen (und Roten) leugnen, dass die Hauptursache solcher bürgerkriegsähnlichen Ausschreitungen wie an Silvester in Berlin nicht-integrierte Migranten sind, und nicht Schweizer Kracher und Silvesterraketen.“

„3. Januar 2023, Tweet von @HubertAiwanger als Antwort auf einen Tweet von @aminajxx:
Rettungskräfte wurden auch mit Steinen, Flaschen, Schlagwerkzeugen, Feuerlöschern angegriffen.Diese Gegenstände auch verbieten? Oder nicht besser die Täter ermitteln und einsperren? Angriff aus einer Gruppe mit Wurfgeschossen ist schwerer Landfriedensbruch. =mind. 6 Mo-Gefängnis.“

Der Algorithmus denkt nun offensichtlich: Wenn er mir Aiwanger präsentieren kann, bin ich eigentlich auch bereit für die Frau von Storch. Ist das inhaltlich etwa ähnlich?

„4. Januar 2023, Tweet von @Beatrix_vStorch
Wir müssten dringend eine Debatte führen, wie wir Parallelgesellschaften auflösen durch einerseits stärkeren Anpassungsdruck an unsere Leitkultur und Abschiebungen andererseits. Stattdessen wird das Problem in den Migrantenvierteln verleugnet. #Silvester.“

Na ja. Dieser eine Tweet ist wohl gut zum Vergleich: *„nicht-integrierte Migranten“*, *„Problem in Migrantenvierteln“*, *„verleugnet“* und *„leugnen“*. Richtig: An Silvester bläst Herr Aiwanger mit einer gewaltigen Inbrunst in dasselbe Horn wie die rechtsradikalen Populisten. Und das ist gefährlich, sehr, sehr gefährlich.

Twitter möchte mich jetzt offensichtlich gerne komplett zerstören. Nach der von Storch präsentiert man mir nun auch noch Markus Söder.

„4. Januar 2023, Tweet von @Markus_Soeder
Die @polizeiberlin wird von #R2G im Stich gelassen. Für die Sicherheitskräfte fehlt politische Rückendeckung. Das ist in #Bayern ganz anders. Wir lassen keine rechtsfreien Räume entstehen. Der Staat hat eine besondere Schutzverpflichtung denjenigen gegenüber, die uns schützen.“

Das ist herrlich! Ein politischer Mustersatz! Man wirft seinen politischen Gegnern ein massives Vergehen vor (rot-rot-grün lässt die Polizei im Stich in Berlin, als Anspielung auf Silvester), während man von sich selbst sagt, in der Hinsicht alles besser zu machen und im Griff zu haben JEDOCH OHNE konkretes Beispiel. Es fehlt völlig die Aussage, wie „wir" denn „keine rechtsfreien Räume" entstehen lassen. Wie „wir" das denn „ganz anders" machen. Also alles in allem jetzt auch keine sehr hilfreiche Aussage – nur geschickter verpackt. Da scheinen die Social Media Berater ein bisschen mehr bei der Sache gewesen zu sein.

Die Grüne Woche in Berlin. Unübersehbar ist auch Hubert Aiwanger vor Ort. Und mein einziger Gedanke ist eigentlich: *„Aiwanger, wenn es dir in Berlin nicht gefällt, Himmelherrschaftszeiten, dann bleib halt einfach daheim! Dieses Rumgejammere – geht's noch?"*

Habe mich nun etwas beruhigt und die Instagram-Posts zu dieser Grünen Woche nochmal ausführlich gesichtet.

War dann gleich direkt wieder un-beruhigt.

Acht Posts. (Inklusive Wirtshausbesuch bei der Hinfahrt – proudly presenting: zwei Frauen im Dirndl und Arm um die Taille! Frei nach dem Motto: Bleib dir selbst in jeder Situation treu.) Knapp vierzig Bilder. Und jede Menge Hass. Und ich kann mich beim Lesen der Beiträge nur wieder fragen: Wie kann sich diese Lebensenergie denn irgendwie sinnvoll investiert anfühlen?

Praktischerweise wird uns die Info diesmal in unterschiedlichen Aggressivitäts- und Qualitätsgraden präsentiert. Da ist garantiert für jeden was dabei:

Aggressivitätsgrad 1, low-level: Lobesreden auf die Landwirtschaft mit vielen Ausrufezeichen und Begriffen wie *„Daseinsvorsorge"*.

Aggressivitätsgrad 2, middle-level: stichelnde Kommentare gegen die Berliner Regierung, ergänzt durch Schlagworte wie *„Weltuntergangs-Propaganda"*, *„Eigentumsfeindlichkeit"* und *„von links-grün depressiv machen lassen"*.

Aggressivitätsgrad 3, high-level: ein Foto von Franziska Giffey mit unter anderem folgenden Worten untermalt: *„Hat sie* *überhaupt gewusst auf welcher Veranstaltung sie war? Unglaublich. Armes Deutschland."* Außerdem die weiter oben erwähnten Hashtags *#StadtbildVergammelt* und *#InnereSicherheitZerstört*.

Wir sehen fast auf jedem dieser Fotos viele Menschen, ganz viel Tracht, Motorsägen, Wurst und Käse. Ist also eher nichts, wenn man beim Lesen gerade Hunger hat, so wie ich.

Die Untertexte der Bilder sind für einen demokratischen Politiker doch ziemlich verachtend der derzeitigen Regierung gegenüber und sie sind vor allem eins: nutzlos und populistisch. Mit einzelnen Schlagworten wird geschimpft, gebasht und gehetzt. Der Job eines Regierungsmitgliedes wäre aber nicht das Ausnutzen eines Problems für populistische Sprüche, sondern ganz klar die Lösungsfindung. Wenn ein bayerischer Politiker aber nach Berlin fährt, um sich mit jungen Frauen fotografieren zu lassen und gleichzeitig mit dem Hashtag *#StadtbildVergammelt* offensichtlich gegen die von ihm besuchte Stadt hetzt, dann hat das nichts mit Lösungsfindung zu tun. Dann hat das nicht mal mit einem Problem zu tun. Dann ist das nur eins: gezieltes Fangen der Stimmen derer, die in der aktuellen Bundesregierung vor allem eine linksradikale Staatsgefährdung sehen, welche in absehbarer Zeit den Kommunismus einführt und deren Wüten sich quasi bereits in dem unerträglichen Stadtbild Berlins auf bestialische Art darstellt. Oder kurz: Fischen am politischen rechten Rand.

Nachdem ich dachte, jetzt hätte ich meine Jahresdosis Aiwanger-Tweets schon abbekommen und das wars endgültig für heuer, ist mir etwas Schreckliches eingefallen. Etwas ganz, ganz Schreckliches.

Heuer ist ja Landtagswahl.

Hilfe.

Er kommt ja dann bestimmt wieder von allen Seiten. Jede 150- Jahr-Feier von absolut jedem Sportverein in absolut jedem Dorf fernab jeglicher Zivilisation wird besucht. Dann gibt's schöne Fotos – Arme immer fein um die Taillen der 30 Jahre jüngeren Mädels in feschen Dirndln links und rechts von ihm. Jawohl! Das muss dann dieses *„nah am Volk"* sein, von dem immer alle so schwärmen. Ich weiß ja nicht: So nah brauch ich es gar nicht.

Liebes Schicksal, kann ich vielleicht einmal tauschen? Ich würde mir einmal direkt vor Ort den Wahlkampf in den USA anschauen, wenn ein neuer amerikanischer Präsident oder eine neue amerikanische Präsidentin gewählt werden soll. Einmal volle Dröhnung, inklusive populistischer Reden in vollen Hallen, ich setz sogar so ein blödes Cap auf!

Wenn ich dafür nie wieder einen Landtagswahlkampf in Bayern live erleben muss.

Die Landtagswahl in Bayern hat natürlich ähnliche Qualitäten wie die Wahl zum amerikanischen Präsidenten. Der einzige Unterschied ist eigentlich, dass man dort direkt Schusswaffen verteidigt, während Aiwanger hier sowas sagt wie: *„Bayern und Deutschland wären sicherer, wenn jeder anständige Mann und jede anständige Frau ein Messer in der Tasche haben dürfte".*

Super. Kaum hat mein Gehirn also erkannt, dass dieses Jahr Wahlen sind, kramt es diese ganzen unvergesslichen Zitate raus.

Wie soll ich das bitte bis Oktober durchhalten? Und was mach ich danach? Wenn der gewinnt? Dann ist der ja dauerpräsent.

Hilfe!

Es ist Fasching im Land. Und gerade, als ich mich als alte Misanthropin mit diesem Gedanken heute einigermaßen (einigermaßen!) angefreundet hatte, schwemmt es mir einen Aiwanger-Instagram-Post in die Timeline, bei dem es mir fast die Schuhe auszieht.

Was noch? W-a-s n-o-c-h?

Nach einer halben Tafel Schokolade und zwei Gläsern Wein bin ich immerhin so weit, dass ich einen saftigen – und, wie ich später feststellen werde, folgenschweren – Kommentar dazu tippen kann.

Was ich sehe? Hubert Aiwanger hat ein neues Faschingskostüm. Und das neue Kostüm ist nichts weniger als eine originale Zimmerertracht. Eine originale, traditionsreiche Handwerkertracht und er hat nichts Besseres zu tun, als sie als Faschingskostüm zu tragen.

Bevor mir die Halsschlagader platzt, trink ich sicherheitshalber noch einen Tee (mit Rum), dann kann ich den Kommentar endlich abschicken.

„Wer tagtäglich vom „goldenen Handwerk" und dem „Mittelstand" spricht, wer immer damit wirbt, dass er die „Meisterausbildung" kostenlos machen möchte und dass das so wichtig sei, der hat wohl ziemlich viel Dampf geplaudert, wenn ihm die Tracht der Zimmerleute als Faschingskostüm dient."

Zack, senden.

Ein kurzer Seitenblick zu meinem Meisterbrief, der an der Wand hängt. Wenigstens einmal mit Herzblut verteidigt!

Historisch. Hubert Aiwanger hat mich nun auf Grund dieses Kommentars offensichtlich auf Twitter blockiert.

Ist das diese offene Debattenkultur?
Oder ist das doch schon Cancelculture?

Vielleicht sollte ich einen Podcast darüber machen. Noch bin ich unschlüssig, ob Tränen der Freude oder Tränen der Trauer fließen.

Ich freue mich.

Habe erkannt, dass mir dadurch viel vom Wahlkampf auf Twitter erspart bleiben wird.

Vor ein paar Tagen war sie kurz wieder da.

Die Rede vom *„Bio-Deutschen"*.

Unfassbar eigentlich, oder? Noch nicht mal hundert Jahre sind vergangen seit Beginn des zweiten Weltkrieges.

Eben dieser unsägliche Ausdruck fiel im Jahr 2023 in Landshut bei der Sitzung zum Beschluss des Haushalts. Der Ausdruck kam – logischerweise – von einem Vertreter der AfD. Seine Aussage lautete in etwa, dass der *„Bio-Deutsche"* nicht ausreichend geschützt werde, da man sich ja jetzt quasi mehr um ukrainische Flüchtlinge kümmere.

Was. Für. Eine. Widerliche. Aussage.

Was mir hier aber ein bisschen gefehlt hat oder eigentlich eher KOMPLETT gefehlt hat, war der große Aufschrei dagegen. Oder zumindest ein kleines Statement. Das öffentliche Bekenntnis dazu, dass wir uns nicht wieder von Begriffen wie *„Bio-Deutsch"* und dem ausgedachten Schutz irgendwelcher erdachten Rassen zu einer Gesellschaft voller Hass und Gewalt machen lassen. Dass wir eine solidarische Gemeinschaft sind und Menschen, die unsere Hilfe brauchen, auch unsere Hilfe bekommen. Und die Zustimmung dazu, dass diejenigen, die diese Sitzung dann aus Protest verließen, richtig gehandelt haben. Das hat mir gefehlt – das dürfte nämlich gerne auch mal von höherer Stelle kommen, das muss nicht immer nur in regionalen Leserbriefen von mutigen Einzelkämpfern zu lesen sein.

Denn das, lieber Herr Aiwanger, wäre eine richtige Darstellung von Verhältnismäßigkeiten. Sich diesen Dingen im öffentlichen Diskurs zu widmen, die eigene Position klarzustellen, und zwar ruhig und besonnen ohne ein „Draufhauen" und „Hetzen", sondern klar und deutlich in der Botschaft, mit den Beinen fest auf dem Boden unserer Demokratie, das wäre ein Zugeständnis an den Diskurs, an Menschenrechte und Frieden.

Ich räume meine Wohnung um – Handy aus. Heute keine Politik. Kein Aiwanger. Bitte! Ich brauch eine Pause! Bitte!

Das erste Teil, das ich beim Umräumen in die Hand nehme, ist übrigens mein Meisterbrief von der Handwerkskammer.

Ja, ganz toll – und schon geht's los im Hirn. Sofort schießen mir Bilder von Aiwanger in den Kopf, auf denen er mit ganz besorgtem Gesichtsausdruck das Wort *„Fachkräftemangel"* – ja fast schon andächtig! – ausspricht.

Anstatt zu erklären, dass man über Jahrzehnte die Berufsschulen so dermaßen hat absaufen lassen, dass nun in allen Ecken der Schimmel in den Gebäuden steht, dass man sich niemals um ausreichend Berufsschullehrer und Lehrerinnen bemüht hat, kann man jetzt sagen: Alle anderen sind schuld, es gibt keine Bäcker mehr.

Anstatt, dass man erklärt, dass in den letzten Jahrzehnten viele Leute für Ihre Meisterausbildung Kredite aufgenommen und über Jahrzehnte zurückgezahlt haben, sagt man nun: Ab jetzt machen wir die Meisterausbildung kostenlos. Jaja, besser spät als nie, das stimmt natürlich. Nur, wenn alle den Meister machen: Wer macht dann wieder die Gesellenarbeit, wenn diese weiterhin unattraktiv bleibt?

Bleibt mir denn jetzt bis Oktober gar kein Thema mehr erspart?

Es ist unfassbar. Obwohl ich blockiert bin, komm ich einfach nicht raus. Irgendjemand schickt mir wieder einen Screenshot von irgendeinem Aiwanger-Tweet. Wer solche Freunde hat …

Hubert Aiwanger on Twitter: *„Esst Fleisch, baut Häuser, gründet Familien, erhaltet die Heimat!"*

Himmel! Echt, immer noch? Fleisch essen als Thema? Langsam wird's fad, das provoziert ja nicht mal mehr die härteste Veganerin oder den härtesten Veganer.

Der Aiwanger sagt: *„Esst mehr Fleisch"*, aber von gesunder Ernährung, von Gemüse und dem Problem, dass wir irgendwann zu wenig Nahrung für zu viele Menschen produzieren werden, spricht er nie.

Der Aiwanger sagt: *„Baut Häuser"*, aber über 60 Jahre Kredittilgung, die Flächenversiegelung und den abnormalen Rohstoffverbrauch der Baubranche spricht er nie.

Der Aiwanger sagt: *„Gründet Familien"*, aber darüber, dass dann der Hauskredit mit einem Gehalt abbezahlt werden muss und die Frau wahrscheinlich in Altersarmut rutscht, weil sie nicht mehr arbeiten gehen kann, spricht er nie.

„Esst Fleisch, baut Häuser, gründet Familien, erhaltet die Heimat!", sagt der Aiwanger.

Aber über eine irgendeine Lösung spricht er nie.

Wenn du glaubst, es geht nicht mehr, kommt eine Demo in Erding daher.

Hubert Aiwanger schreit ins Mikrofon: *„Jetzt ist der Punkt erreicht, wo endlich die schweigende große Mehrheit dieses Landes sich die Demokratie wieder zurückholen muss."*

Ich persönlich verstehe kein Wort dieses Satzes. Weder, wer hier schweigt, noch woraus diese Mehrheit besteht. Am allerwenigstens, woher wir die Demokratie zurückholen müssten, weil sie ja Gott sei Dank einfach noch da ist. Jeden Tag. Und obwohl ich nichts an diesem Satz verstehe, halte ich ihn für einen der gefährlichsten Sätze, der in den letzten Jahren von einem aktiven Politiker vor mehreren tausend Menschen in ein Mikrofon geschrien wurde.

Kleiner Tipp: Wenn die AfD von deiner Demo-Idee begeistert ist und dort sprechen möchte: Sag die Demo ab und überdenke deinen Werdegang nochmal gründlich.

Dank Mückensaison ist an Schlaf ja nicht mehr zu denken. Mücken brauchen dringend ein Soundupdate. Dieses hohe Gesumme ist so nervtötend. Irgendein tiefer Bass wäre gut – man könnte bequem einschlafen und – meine Güte – dann stecht halt einmal zu! Gibt's Karmapunkte oder eine Positivwertung für die Öko-Bilanz, wenn man sich von Mücken stechen lässt? Immerhin sichert man damit deren Überleben!

Ein Gehirn, das schlafen möchte, aber nicht kann, ist witzig. Es macht dann folgende Sprünge:

Mücken – Soundupdate – Punkte – Öko-Bilanz – Überleben – Kernproblem der deutschen Politik.

Anschließend: ein fünfzehnminütiger Gehirnvortrag ÜBER eben dieses Kernproblem.

Der Kern der Sache wird wohl sein, dass sich alle vehement weigern, eine einzige, jedoch wichtigste Information weiterzugeben, auszusprechen, zur Wahrheit zu erklären und zu leben. Zugegebenermaßen, auch die Bundesregierung hat in den letzten Jahren und Jahrzehnten eventuell … absichtlich vergessen, sich dieser Information dem Bürger gegenüber zu widmen. Was jedoch auch alle anderen Regierungsbeteiligten nicht von der Schuld befreit, diese Information so gewaltig, so laut und so vehement verschwinden lassen zu wollen. Denn, was viel öfter ausgesprochen werden sollte ist: Es gibt kein Grundrecht auf Wohlstand.

Leider. Allen wäre es anders lieber, aber niemand hatte bei der Geburt einen Zettel in der Hand, auf dem stand: *„Lebenslanges, unkündbares Recht auf Wohlstand, auf Fleisch essen, große und teure Autos fahren, Urlaub in fernen Ländern machen."*

Alleine die Definition von „Wohlstand" ist vermutlich das individuellste überhaupt, ja fast schon eine philosophische Frage, denn jeder Mensch wird eine Reihe anderer Dinge aufzählen, wenn man ihn oder sie fragt, was Wohlstand denn eigentlich ist.

Aber in der politischen Auffassung, im politischen Diskurs scheint es sich bei Wohlstand wohl eben hauptsächlich darum zu handeln, dass man unbegrenzt Fleisch essen darf, dass man ein 200 PS starkes Auto (Verbrenner, selbstredend) hat und jederzeit günstig in den Urlaub fliegen kann. Warum fehlt weiterhin jede Bereitschaft, öffentlich zu kommunizieren, dass es darauf kein Recht gibt. Im Gegenteil: Je mehr Menschen dieser Planet beherbergen muss, desto mehr werden sich alle im Verzicht üben müssen. Unumgänglich wird auch uns die Not irgendwann hin zum Verzicht führen – jedoch, dann gilt ja in der Politik immer: Nach mir die Sintflut. Viel Glück!

Anschließend: endlich Schlaf!

Ich versuche wirklich vehement mich in einer rosaroten Pony-Welt zu verkriechen. Das müssen mir bitte alle glauben.

Aber das Schicksal hat immer andere Pläne.

Das Schicksal lässt mir immer auf irgendwelchen Kanälen Infos zukommen. Über Politik.

Aber heute war es immerhin nichts von Aiwanger. Gott sei Dank. Ich wollt's aber trotzdem nicht haben! Schicksal, glaubst du eigentlich, ich verzichte freiwillig auf Nachrichten? Ich mag das nicht sehen. Ich mag nicht akzeptieren, dass Wahlen sind und wie sie ausgehen werden!

Die aktuelle Umfrage zur Bundestagswahl zeigt: Die AfD liegt bei knapp über 20 %.

Himmel, was ist hier eigentlich los?

Ja, Herr Aiwanger: So was kommt von so was.

Den Schock mit der AfD habe ich immer noch nicht verkraftet. Noch viel weniger verkrafte ich aber gerade die Reaktionen von CDU/CSU und Freien Wählern, die wirklich allem und jedem die Schuld an diesen Umfragewerten geben – außer sich selbst und ihren populistischen Aussagen. Wie verblendet kann man eigentlich sein? Oder sind das schon akute Symptome von Realitätsverweigerung?

Wenn man Friedrich Merz fragt, dann liegt's am Gendern. Kurz nach dem Bekanntwerden der Umfrage zur Bundestagswahl twitterte er unter anderem:

„Mit jeder gegenderten Nachrichtensendung gehen ein paar hundert Stimmen mehr zur #AfD. Gegenderte Sprache und identitäre Ideologie werden von einer großen Mehrheit der Bevölkerung nicht mehr nur im Stillen abgelehnt. Sie werden als übergriffig empfunden. (tm) #MerzMail"

Das ist dann schon ganz schön frech. Genau ein Friedrich Merz, der immer vom *„kleinen Mann"* und vom *„Mittelstand"* predigt, aber selbst Privatjet fliegt. Der gibt der Banalität des Genderns nun die Schuld für den großen Zuspruch bei den Rechten.

Ganz. Schön. Frech.

Nicht das *„Gendern"* ist ein Problem für die Leute, sondern die künstliche Debatte um Bevormundung und *„Diktatur"*, die man darüber eröffnet hat, ist ein Problem für die Leute – und eine Goldgrube für die Rechten. Und hier raufen sich CSU und Freie Wähler – genauer gesagt Markus Söder und Hubert Aiwanger – um die radikalsten Parolen.

Wer von „Umerziehung", „Gender-Pflicht" (die es nicht gibt, Himmelherrschaftszeiten nochmal!) und davon spricht, dass „die Grünen" letztendlich eine „andere Republik" wollen, der hat den Schuss einfach noch nicht gehört, denn der bedient sich der Propaganda in ihrer plumpesten Form: der blinden, grundlagenlosen Hetze. Und das tun die beiden andauernd.

Und wenn das Gendern nicht mehr zieht: Ja, dann erfindet man einfach andere Gründe für das Erstarken der AfD. Hauptsache: Niemals in den Spiegel schauen! Sind die bei den beiden zu Hause eigentlich abgehängt?

In den allermeisten Fällen haben die Gründe natürlich irgendetwas mit „Diktatur", „Ideologie", „nicht vorhandenem gesunden Menschenverstand", gerne aber auch mit „Klimaklebern" zu tun. Und die Generalschuld? Die Generalschuld trägt sowieso die aktuelle Regierung. Die Ampel in Berlin: das ideale Feindbild für absolut alles. Und dort die schlimmsten sind natürlich die Grünen, das war ja klar. Und mit ihnen alle, die irgendwie darauf aufmerksam machen, dass wir uns und unsere Lebensweise ganz, ganz dringend ändern müssen, sonst haben wir auf diesem Planeten nämlich keine Chance mehr.

„Unser Land ist erst dann wieder gesund, wenn ein #Handwerksmeister mit 40 Jahren Berufserfahrung wieder mehr öffentliches Gehör findet als ein 17 jähriger #Klimakleber, der gerade aus dem Bali-Urlaub zurückkommt. #Aiwanger #Eigenturm #Wärmepumpe #gesundermenschenverstand"

Das liest man bei Huber Aiwanger als Untertext zu einem Video mit einem Redenausschnitt von ihm.

„Wer hat so viel #Pinkepinke, wer hat so viel #Geld? #Sanierungszwang UND #Heizungstausch bedeutet für viele Hausbesitzer #Enteignung! #AmpelStoppen! #FREIEWÄHLER #aiwanger"

Das ist ein weiterer Untertext zu einem Redevideo.

Und so weiter und so weiter. In einer schier endlosen Aneinanderreihung von Vorwürfen, Hetzereien und Beschimpfungen, welche zum besseren Aushalten nur unterbrochen werden von jungen Mädchen und Burschen in Tracht und einer Maß Bier, wird gegen alles und jeden gewettert. Wir klagen gegen das, wir sind gegen dieses und überhaupt sind die anderen alle doof.

Und natürlich nur, weil *„die da in Berlin doof sind"*, hat die AfD 20 % in den Umfragen. Ja klar.

Obwohl ich ja vehement behaupte, keinen Tag älter zu werden und beständig wie jugendliche 23 Jahre auszusehen, sieht mein Körper das wohl anders. Und er möchte mir eine Lehre erteilen.

Lange hab ich mich gegen diese Lehre gewehrt, ignoriert, weggeschaut, beim Knacksen weggehört und bin ansonsten auch eher unachtsam gewesen. Aber nun ist es so weit: Mein vielleicht doch nicht mehr ganz jugendlicher Körper verlangt nach einem MRT-Termin. Okay. Grundsätzlich ist das ja erstmal kein so großes Ding. Bis auf die Wartezeit.

Wäre ich privatversichert, ich könnte morgen einen Termin haben und mir dabei quasi noch die Uhrzeit aussuchen. Bin ich aber nicht. Also habe ich eine Wartezeit von ca. 5 Wochen auf den nächsten freien Termin. So weit, so gut. Logischerweise möchte ich diese Wartezeit umgehen und wende bei jeder Gelegenheit Plan B an: Ich erzähle jedem, der es irgendwie hören will (oder auch nicht), von meinem nötigen MRT-Termin. Dabei habe ich zum Ziel, dass jemand sagt: *„Aaah, meine Frau ist Radiologin und wir haben zufällig so ein MRT-Gerät im Keller. Komm doch morgen einfach kurz vorbei!"*

Um das Ende gleich vorwegzunehmen: Das ist äußerst unwahrscheinlich und bisher – nach ungefähr 50 *„Nebenbei-Erwähnungen"* meinerseits – auch nicht passiert. Dafür hab ich einen anderen Satz gehört. Und wieder einmal hat es mir im sprichwörtlichen Sinne die Schuhe ausgezogen.

Der Satz lautete sinngemäß: *„Dann musst du halt hier Asyl beantragen, bei denen geht das immer ganz schnell dann."*

Bitte was?

Seit wann sind denn diese widerlichen, elendigen rassistischen Parolen wieder salonfähig geworden? Seit wann wirft man das wieder bedenkenlos jedem an den Kopf, weil man weiß, dass man keine Konsequenzen zu fürchten hat?

Und just, äußerst kurzfristig ergibt sich mir die Gelegenheit zu erkennen, woher diese selbstgegebene Freiheit des Rassismus, diese offensichtliche Salonfähigkeit, herkommt. Nämlich, als mir ein Freund einen Videoausschnitt von der Sendung *„Markus Lanz"* schickt. Solche Videoschnipsel habe ich eigentlich nicht unbedingt auf meinem Handy – ist nicht ganz mein Format. Aber wenn's von ihm kommt, na dann los.

Und in eben diesem Video sitzt ein Hubert Aiwanger bei Markus Lanz in der Sendung und erklärt, dass es keine gute Idee sei, *„diese Syrer"*, die hier seit 2015 leben, jetzt einfach so einzubürgern. Und dass *„die Ampel"* ja *„diesen Syrern"* mit dem deutschen Pass hinterherläuft.

Wow.

So viel Rassismus, Pauschalisierung und Menschenverachtung in drei Minuten Video, da wird selbst der Höcke anerkennend nicken.

Man muss der Menschheit hier zwei gute Dinge lassen: Erstens, diese Aussage wurde in der Sendung nicht einfach so hingenommen, geschweige denn beklatscht. Zweitens war es ein Videozusammenschnitt, an dessen Ende zwei syrische Männer erklären, dass ihnen der Pass ganz sicherlich nicht hinterhergeworfen wurde, was sie dafür alles tun mussten - und dass sie mittlerweile Deutschland im Sport international vertreten dürfen.

Immerhin.

Aber der Rest? Beim Rest fragt sich ein Gehirn wie meines dann schon: Ist es richtig, solchen populistischen Aussagen ungefiltert und unkommentiert überhaupt noch Raum zu bieten? Inwieweit legen sie den Grundstein für eine Verrohung der Sprache, für Alltagsrassismus und boshafte, widerliche Pauschalisierungen? Wie lange dauert es von diesen Aussagen zu Aussagen wie: *„Kauf nicht beim Juden!"*? Wo kommt die nächste Steigerung daher, wie kündigt sie sich an und vor allem: Wo ist das Ende der Steigerungen? Wann fliegen statt Worten plötzlich Fäuste und wo wurde in dieser Reihenfolge dann der Konservative zum Nazi?

Eine gruselige Vorstellung, die mir eine gewaltige Angst einjagt. Vielen anderen offensichtlich nicht.

Aber, was mich an dieser Geschichte wirklich am allermeisten nervt: Kann ich mir nicht mal einen MRT-Termin suchen, ohne über diesen Menschen zu stolpern?

Höcke im Sommerinterview beim MDR.

Bitte lass es ein Albtraum sein.

Nazis werden dazu eingeladen, ohne Gegenrede, ohne kritische Nachfragen und ohne jegliche Hintergrundinformation ihre ekelhafte Meinung öffentlich kundzutun.

Wo bleibt der Aufschrei?

Gäubodenvolksfest. Heißt auch: 30 Kilometer über sich kurvig windende Landstraßen durch absolutes Flachgelände fahren. Und ab und an ein Dörfchen. (Oder eine Stadt, wie das dort in Niederbayern heißt.)

Und was finde ich in all den Dörfchen? Na klar: bauzaungroße Freie Wähler-Plakate mit einem breit grinsenden Hubert Aiwanger darauf. Kleinere Plakate an Straßenlaternen. Links eins. Und rechts eins. Und links eins und … Es hört nie auf, oder?

Gedankenverloren frage ich mich nach dem 25. Plakat, warum da eigentlich immer dieselben Fotos drauf sind. Immer dieses halb grinsende, aber noch nicht lachende Gesicht – entweder frontal oder so leicht schräg, wie auf diesen alten Bewerbungsbildern, die man nach dem Schulabschluss machen musste. Gibt's da nicht mal was Innovatives?

Vielleicht im Badeanzug?

OH MEIN GOTT, NEIN, was für eine dumme Idee von mir.

Aber mit einem Hundewelpen? Hey, Herr Söder, das wäre doch was! Der macht das doch schon auf Instagram mit diesen Welpen. Welpen ziehen immer. Den Vorschlag werde ich ihm teuer verkaufen.

Dann fällt mir ein, dass es natürlich schon mal eine Alternative dazu gab! Christian Lindner und seine schwarz-weiße „*Hard-Working-Bad-Boy*"-Fotostory.

Okay, vielleicht lassen wir es besser doch einfach so, wie es ist.

Auf meiner nur allzu verhassten Pendelstrecke von der dialektstarken Oberpfalz hin ins mittelalterliche Landshut komme ich an einem kleinen Dörfchen vorbei. Eigentlich kein bekannter Ort, doch gelbe Fahnen säumen die Straße, obwohl hier maximal 500 Menschen wohnen. Denn: Es ist das Heimatdorf von Hubert Aiwanger. Im beschaulichen Niederbayern, zwischen Feldern und Wiesen und vielen, vielen riesigen Schweineställen.

Und während ich dort so durchfahre, ein bisschen verängstigt auf die ganzen stolz im Wind wehenden Fahnen schauend (salutieren habe ich jetzt niemanden sehen), mache ich eine kleine Entdeckung im Vorgarten von eben diesem bekanntesten Gesicht des Dorfes. Ich traue meinen Augen kaum, aber die 50 km/h am Tacho lassen mich zu schnell vorbeirasen, ich kann mir nicht ganz sicher sein, ob ich richtig gesehen habe. Stopp. Anhalten. Umdrehen. Pfeif auf die Arbeit, der Chef wird's verstehen, denn wenn das stimmt, dann … ja, was dann? Ich drehe um, muss ein bisschen warten – der landwirtschaftliche Verkehr hat mich schon viel Lebenszeit gekostet. Dann, nun lieber in Tempo 30, tuckert mein kleiner Nissan gemächlich am Grundstück unseres ehrwürdigen Ministers vorbei. Tatsächlich. Unfassbar. Im Hof steht das Auto einer örtlich bekannten Heizungsbaufirma und sie liefern gerade an. Ich denke mir: Das kann nicht sein, bestimmt räumen die nur Überschüssiges aus dem Auto heraus, um ganz hinten an die Kohleöfen zu kommen, die sie ihm dann in den Keller tragen. Zehn Minuten schaue ich zu, habe mich viermal anhupen lassen und schon total vergessen, dass ich eigentlich zur Arbeit wollte. Nicht einmal das Smartphone zücke ich für ein Beweisvideo – so platt bin ich.

Die beiden Männer kommen wieder aus dem Wagen. Heben ganz umständlich das Teil an. Mehrmals, bis sie es richtig packen können.

Und ich beobachte sie. Ich beobachte die beiden dabei, wie sie eine Wärmepumpe in Hubert Aiwangers Vorgarten tragen.

4:15 Uhr, der Wecker klingelt.

Boah, diese Träume. Das muss an der Hitze liegen.

Aus Verzweiflung (und aus anderen Gründen) bin ich nun ins tiefste Niederbayern geflohen. Ist zwar immer noch Niederbayern, aber immerhin kurz vor der tschechischen Grenze. Da verirrt sich kein Aiwanger hin und auch niemand, der seine Plakate aufhängt. Viel zu bucklig hier.

So kann ich meinen Aufenthalt genießen, ein bisschen Urlaub, ein bisschen Rumfahren – schnell habe ich mich in einen Shuttlebus verirrt und bin – zack – in der Landesgartenschau gelandet. Na ja, auch gut. Wetter ist gut, draußen sein ist damit auch gut, was soll's also, dann machen wir das. Man wandert durch ein paar Blumengärten, Beete, Ausstellungen; Imker sind auch da, alles wunderbar. Auf Grund der Temperatur setzt man sich dann doch irgendwann hin. Jetzt ein kaltes Radler – zisch – herrlich. Ein friedlicher Tag, fernab von Politik und Stress und überhaupt. Urlaub halt.

Leider ist der Mensch ja dumm; da ich ein Mensch bin, bin ich oft auch sehr dumm und mache denselben Fehler mehrmals. Smartphone entsperren, Instagram öffnen. Und hey: Der Algorithmus hat eine Überraschung für mich. Ungefähr drei Tage vor mir war Hubert Aiwanger auf der Landesgartenschau, er hat dazu einen Instagram-Post abgesetzt. Mit schönen Blumenfotos, ein bisschen Marmeladegläsern und ein wenig Text. Und dann, dann hat er noch Schilder fotografiert. Auf solchen Ausstellungen sind ja immer furchtbar viele Schilder, meist liest man gar nicht alle. Herr Aiwanger hat ein Werbeschild für die Gärtnerausbildung fotografiert. Super Sache. Ausbildung draußen, Frischluft. Dann hat er noch ein Blumenschild fotografiert – davon gab's sehr viele, die sind sehr interessant, man kann viel lernen über Dinge, die man vor Ort sieht.

Was er nicht fotografiert hat, ist ein Schild, welches mir besonders ins Auge gefallen ist und das ich deshalb eben schon fotografiert hab. Nur nicht mit Freuden. Denn auf dem Schild ist ein Symbol mit einem Menschen im Rollstuhl und dazu folgender Text:

„Hier wird es steil! Die Landesgartenschau findet auf einem Berg statt, deswegen sind nicht alle Wege barrierefrei.

Brauchen Sie Hilfe?
Fragen Sie andere Besucherinnen und Besucher nach Hilfe. Sagen Sie genau, wie man Ihnen am besten hilft.

Viel Freude auf der Landesgartenschau Freyung 2023!"

Ähm … Geht's eigentlich noch? Dass man auf einem Berg nicht alles barrierefrei zugänglich machen kann, okay, das kann ich irgendwo dann noch verstehen. Dass man aber ganz dreist sagt: *„Hey, wir haben keinen Bock, jemanden abzustellen, der euch gegebenenfalls zur Verfügung steht, wenn ihr Hilfe braucht. Fragt doch einfach mal die anderen Besucher, vielleicht hilft euch ja jemand."*: DAS ist dann schon latent dreist. Was soll das?

Ich hab da mal was durchgerechnet. So ein BMW iX5 Hydrogen, der geht preislich vielleicht los bei 100.000 €. Wenn man Glück hat. Die Landesgartenschau dauert gute 4 Monate. 100.000 € geteilt durch 4 Monate, macht 25.0000 € Budget im Monat. Damit sollte sich jemand finden lassen, der oder die bereitsteht, um gegebenenfalls Menschen mit Beeinträchtigung in der Ausstellung weiterzuhelfen.

Wie ich auf einen BMW iX5 Hydrogen komme?

Das ist der neue Dienstwagen von Hubert Aiwanger.

Heute gab es einen großen Artikel in der Süddeutschen Zeitung.

Inhalt: ein furchtbares antisemitisches Flugblatt und der Verdacht der rechtsextremen Gesinnung gegen Hubert Aiwanger (damals noch Schüler).

Verrückt. Und ich dachte wirklich, diese Demo in Erding wäre 2023 der demokratische Tiefpunkt in Bayern gewesen.

(Zuvörderst auf Grund des widerwärtigen Inhalts finden weder das Flugblatt noch alle weiteren Aussagen hier Raum. Jedes Detail ist online und in den gängigen Printmedien nachlesbar.)

Markus Söder steht jetzt ganz schön unter Zugzwang. Und unter anderen Umständen hätte ich daran ja sicher ein bisschen Spaß. Aber so? So geht uns das alle an.

Sich von Aiwanger distanzieren? Dann wird's ganz schön knapp mit den Regierungsprozenten. Und da man seit Monaten gegen alles hetzt, was farblich irgendwie in eine Ampel passt, wird's mit den weiteren Koalitionen schwierig.

Er hat sich vor Monaten schon dazu entschlossen, sich an die Freien Wähler zu ketten. Genau diese Ketten schneiden jetzt wohl ganz schön ins Fleisch. Aber ein bisschen fehlt es mir da jetzt auch an Mitleid.

Bierzeltauftritt um Bierzeltauftritt. Der Algorithmus spielt mir Rede-Video um Rede-Video von Aiwanger in die Timeline. Himmel, was bin ich froh, wenn diese Landtagswahl vorbei ist. Aus Prinzip schaue ich alles nur ohne Ton – und logischerweise nur wenige Sekunden davon. Die Lautstärke im Bierzelt, den Jubel und Applaus kann ich trotz Stummschaltung irgendwie hören.

Ganz schön gruselig.

Apropos Bierzelt.

Es steht ein besonderer November an: Es jährt sich der Hitlerputsch zum hundertsten Mal. Der fand zwar nicht in einem Bierzelt statt, aber die Bierkeller, in denen Hitler seine Reden hielt, standen den Bierzelten in Sachen Überfüllung und *„Stimmung"* in nichts nach.

Und während die Rechtsradikalen diese Erinnerung wohl freudig feiern, sollte man sich aus meiner Sicht in jedem Fall mahnend daran erinnern. Daran erinnern mit der Motivation, dass das niemals wieder passieren darf.

Deshalb wird es ja auch hunderte Gedenkveranstaltungen dazu geben. In und um München vor allem, in der *„Stadt der Bewegung"*, wie sie von den Nazis selbst genannt wurde.

Gibt es?
Gibt es nicht?

Oh.

Landtagswahl – endlich! Ich bin bereit zu akzeptieren, dass ich sowieso nichts mehr ändern kann. Stelle mich auf + 35 % bei den Freien Wählern ein und muss leider hoffen, dass die CSU einigermaßen stark abschneidet, damit zumindest *„alles so bleibt, wie es ist"*.

Welch eine Tragik.

Ich bin aber nun auch bereit, mich einfach zu freuen, dass es endlich vorbei ist.

Können wir bitte direkt im Anschluss das Internet abschalten?

Jetzt ist diese Wahl vorbei – und es hört trotzdem nicht auf, oder was? Die Abschaltung des Internets war wohl einzig und allein mein bescheidener Wunsch.

Gerade lese ich eine Schlagzeile auf „*deutschlandfunk.de*": „*Antisemitismus. Aiwanger sieht Ursachen in ‚unkontrollierter Zuwanderung'.*"

Aus welchem Land kommt denn dann sein Bruder? Oder hab ich da die letzten Monate was falsch verstanden?

Das darf natürlich nicht fehlen. Ein Instagram-Post von Hubert Aiwanger zur Letzten Generation. Auf dem Bild ein paar junge Aktivist*innen, die orangene Farbe auf das Brandenburger Tor schmieren. (Ich dachte, das Stadtbild von Berlin gefällt ihm eh nicht?)

Dazu der Text: *„Wenn man von diesen #Stadtstreichern verlangen würde, dass sie sich im Ehrenamt oder zu Hause nützlich machen sollen, um einen Kindergarten oder die Wohnung der Oma #rauszuweisseln, dann hätten sie ‚#Rücken' oder #Farballergie."*

Mhm. Ich stelle mir als Erstes die wichtigste Frage: War das Wortspiel mit den Stadtstreichern jetzt wirklich Absicht?

Der zweite – und viel ernstere – Gedanke ist ein anderer. Man mag von der Letzten Generation halten, was man will. Das ist jedem selbst überlassen. Aber sie völlig halt- und grundlos als arbeitsfaule Menschen hinzustellen, die niemandem helfen, die niemals ein Ehrenamt bekleiden oder der Oma helfen würden … Das halte ich fast schon für ein bisschen verleumdend. Und vor allem für völlig argumentfreie Hetze. Wie immer.

Dazu beglückt mich doch das Internet heute entschädigend ganz kurz. Mit einem Tweet von El Hotzo, geteilt über Instagram:
„grad geträumt dem Vize-Ministerpräsidenten des größten deutschen Bundeslandes wäre nachgewiesen worden, dass er mit

Flugblätter mit KZ-Witzen verfasst hätte, in der folgenden Wahl dann aber sogar dazugewonnen hat und die ganze Sache ein paar Monate später niemanden mehr juckt.“

Danke. On point.

Endlich Silvester. Nächstes Jahr wird alles besser.

Ich mache mich eben wieder auf die Suche nach meinen Freunden; wir haben uns in der Menge verloren und so gehe ich langsam die Straße ein bisschen auf und ab. Die werden schon nicht davongelaufen sein.

Als ich so gedankenverloren dahinschlendere – fast schon ein klein bisschen positiv gestimmt: neues Jahr, neues Glück – da laufe ich vor lauter Gedankenverlorenheit fast in jemanden hinein. *„Oh, Entschuldigung!"* Ich hebe den Blick, als es eigentlich schon zu spät ist. Und traue meinen Augen kaum.

Hubert Aiwanger.

Gerade öffnet er den Mund, um mir mit einem beschwichtigenden Lächeln zu antworten. Aber so weit lasse ich es erst gar nicht kommen. *„Oh nein! Sie sagen jetzt nichts! Sie haben mich das ganze Jahr zugetextet, jetzt bin ich dran!"*

Das beschwichtigende Lächeln weicht der kompletten Verwirrung. Von außen betrachtet ist das durchaus verständlich, da er offensichtlich keine Ahnung hat, ja keine Ahnung haben kann, was ich in diesem Jahr mit ihm durchgemacht habe.

„Das ganze Jahr über sehe ich andauernd Ihre Instagram- Beiträge, die komplette Timeline spült es mir voll mit Ihren Bierzeltvideos,

Ihren hetzerischen Reden, den ganzen populistischen Sätzen und diesem Ich-bin-ein-Bauer-wie-ihr-Gehabe. Ich hab die Schnauze so voll! Wenigstens auf Twitter haben Sie mich blockiert. Ich meine: eine Zimmererkluft als Faschingskostüm – geht's eigentlich noch?"

Langsam komme ich in Fahrt.

„Ist euch allen, die ihr da die Landes- und Bundespolitik macht, eigentlich klar, was gerade passiert? Diese ganze Dynamik, in der rechtsradikales Gedankengut einfach wieder salonfähig gemacht wird, die Hetze, das Geschimpfe auf die ‚bösen Flüchtlinge'. Und zu allem Übel die Angstmacherei vor dem Wohlstandsverlust! Wohlstand, was ist das eigentlich? Ihr Wasserstoff-BMW? Oder das Recht auf ein Messer in der Tasche? Damit man sich dann schützen kann vor den ganzen bösen Migranten? Himmelherrschaftszeiten, ihr habt überhaupt keine Ahnung, kein Gefühl, was ihr anrichtet! Nicht einmal hundert Jahre ist es her, als der zweite Weltkrieg ausbrach. Und ich stell mir die ganze Zeit die Frage, wann wir den Absprung verpasst haben, um nicht wieder auf dieselbe menschenverachtende Schiene zu kommen. Denn auf der befinden wir uns dank Leuten wie Ihnen wieder! Menschenverachtung und ‚jeder ist sich selbst der Nächste'. Ihr habt überhaupt nicht im Griff, wie sich eure Aussagen, eure Reden, eure Hetze und diese teils so faktenlosen Behauptungen verbreiten in den Sozialen Medien wie Facebook und Co. Ihr habt überhaupt nicht im Griff, geschweige denn im Gefühl, was zusammengeschnittene Videos von irgendwelchen Trollen im Internet anrichten, wie sie die Menschen in die Arme der Rechtsradikalen treiben – und dass ihr mit eurer Hetze maßgeblich dazu beitragt! Menschen werden bedroht, man wünscht Ihnen das Allerschrecklichste an den Hals – nur, weil sie sich trauen, mit

Fakten zu widersprechen. Fakten, die widerlegen, dass unsere Gesellschaft durch Migration gewalttätiger und schlechter wird. Fakten, die widerlegen, dass wir ‚einfach so weitermachen‘ und mal auf ‚technische Innovation warten‘ sollen – weil wir den Planeten bis dahin längst unbewohnbar gemacht haben! All das interessiert euch überhaupt nicht. Nur ‚Stimmen, Stimmen, Stimmen‘, ganz egal, ob man damit eine ganze Gesellschaft an den rechten Rand schiebt oder nicht. Völlig hemmungslos plappert ihr alles dahin, von dem ihr glaubt, dass die Leute es hören wollen. Es reicht mir so dermaßen. Ihr habt euch den kompletten Wahlkampf von den Rechten aufschwatzen lassen – Krise, Gendern, Veganismus, Zuwanderung. Alle diese Themen habt ihr euch vorgeben lassen und euch dann mit den vorgeplapperten ‚Lösungen‘, die keine Lösungen sind, hingestellt und gehetzt. Anstatt konstruktive Lösungen zu bieten für Probleme, die es tatsächlich gibt. Wie lange sprechen wir jetzt schon davon, dass Pflegepersonal zu schlecht bezahlt wird, dass die Wirtschafterei der Krankenhäuser so nicht weitergehen kann? Seit Corona, also seit 2020, war das Thema dauerpräsent! Pflegepersonal hat in diesem Jahr über Wochen gestreikt. Nicht mitbekommen? Ach! Aber mit den Traktoren die Autobahn blockiert – zack, da waren Sie noch am selben Tag mit auf den Fotos! Ist ja auch viel werbewirksamer bei der gewünschten Zielgruppe. Ich find echt keine Worte mehr …!"

Seine Augen weiten sich leicht panisch. Er hat offensichtlich Angst, ich hätte was Böses im Sinn.

„Keine Sorge, ich kann kein Blut sehen, bin Veganerin!"

Kurze Stille. Tausend Sachen wollte ich noch sagen, aber in dem Moment ist es mir einfach zu viel. Ich schaue ihm nochmal in die Augen und schicke alle Verachtung in diesen Blick, die ich irgendwie aufbringen kann. Ein gutes Gefühl eigentlich! Und gerade, als ich mich abwenden will, öffnet er nochmal den Mund. Er möchte mir antworten. Vielleicht will er sich erklären? Oder staucht er mich jetzt zusammen? Ich fürchte, Letzteres. Er wird mir jetzt erklären, dass ich als kleines Mädel ja wohl keine Ahnung von Landes- oder gar Bundespolitik hätte. Dass ich mich in die Küche stellen und schnellstmöglich heiraten soll. Dass ich mich nicht einmischen soll, weil das die Männer schon regeln. Auf diese Sätze warte ich, schaue den geöffneten Mund erwartungsvoll an. Aber daraus kommt nur ein regelmäßiges Piepen.

Ein Piepen?

Ja, und es wird lauter.

Der Wecker.

Wieder geträumt.